憂傷似海

邱振瑞 詩集

自序

今年五月，我出版了《抒情的彼方》詩集，其後，又忙碌於日本文學評論的撰寫，理性精神的活動多於感性的低吟。所幸，詩歌之神對我的眷顧，不時在我心靈枯萎的時刻，捎來了最溫厚的撫慰。我就是在這光澤的照引下，得以透過詩歌的抒發，寫出自己經歷過的悲喜的觸動。從這個意義上而言，這部題名為《憂傷似海》的詩集，即是我在此時期的精神印跡，更是我個人思想情感的真實記錄，其中，有句式的重複，可視為我試圖將這兩者細密推進的滾動。

我經常自問，為什麼寫詩？寫詩又有何用？在這個浮躁成風的社會裡，深情的詩歌能夠立足於什麼樣的位置？

在這種時刻，我認為，詩歌對我的立場恰巧相反，它變成了對我的永恆追問，以及對我的嚴肅的凝視。如此一來，我絕不能空言之對。更重要的是，我不能像躲債者一樣逃避，我必須正面做出回答：

我可以不在乎文壇的喧囂和世俗社會的評價，但是最怕自我意義無法實現，沒有能力表現深刻的愛與憎。

進一步地說，當詩人的回答不符合政治正確的利基，把批判的目光投向不公不義的國家體制，揭露偽善假冒正直的行止，甚至可能被撲來的危險反攻逆襲，但最後仍然要付諸行所當行的勇氣。我始終相信，這份真摯的果敢，將發揮著重要作用。而我絕對願意用「靜水深流」和「深不見底」來形容這樣的境界，並以此自我惕厲。

撰序如同寫詩，應該簡潔有力，不可廢言以塞。是為序。

邱振瑞

二〇一七年十一月四日

〔目錄〕

輯七

輯一。

四月果

春天的豔陽依然寬宏如常
照遍每條通往公墓的土路

它原諒久違的塵埃飛揚
在這天與燃燒的紙煙伴隨

身影的感傷得以融入濃蔭
暫時獲得輕安避開驟雨

這時候若有蝴蝶闖入眼簾
必有前世的應許即將開啟

四月的微風願意出來做證
證明陳年的舊事並未散佚

回憶從來不是遲延的徒勞
比文字及時給自己造就補償

木訥的祖靈們不擅表達情感
用微笑的光熱照亮家鄉的平原

當我尋思著不可思議的緣由
路旁的芒果樹已悄然捻花成果

往事

我相信往事比神話長久
在你真誠活著的時候
它從來不背叛精神意志
只於清醒時分降下冰雨

那是你特別擁戴的冷意
不限於任何時節地點
你願意化泥為土的時刻
就能長出新芽撐展綠蔭

我看過向死而生的震懾
卻來不及以良知鑄就

不如礁岩終生記得潮汐漲落
在暗黑中為浪花誦詩祝福

於是我更相信往事與隨想
沒有它們為我燃燈引領
路標必然孤獨找不到盡頭
如幽暗不問墓碑需要微光

林中路

當我習得風與鳥的語言
我就能自由地進出樹林
用濃蔭枯黃依次輪替
寫出我植根此地的情感

別以為光輪只認識暗黑
還能鑑別忠誠背叛的界限
歲月總要通往時間小徑
讓我找到方向留下跡印

這是天神贈予我的幸運
遠非我的智慧所能到達

經歷過林莽遍布的思想
要我理解與天地同樣寬廣

我憑著這詞語豐富的指引
從此得以與愛憎空亡和解
並追隨春夏秋冬的教誨
即使驟雨過後遇見隔世驚雷

憂傷似海

剛開始我沒真切讀懂
憂傷為什麼都流向大海
波浪浮沫願意起伏旋轉
用最大的沉默代替回答

我來到始於寬闊的邊緣
為虛無迸散的身影送行
我渴望海潮音發出回向
即使我終究沒能找到斜陽

我知道暗夜星群充滿善行
總是在無盡的長夜中拯救

那化身為魚在海底徘徊
卻忘卻濕透未乾的靈魂

這時我學會擁抱似海憂傷
像它超越視界展現的無垠
在任何季節的歷劫流轉中
能夠傾聽並習得祈禱祝福

一支筆桿

你手中有一支筆桿
知道自己有多少力量
有時未能翻開板結憎惡
使致死的沉默因此蔓延

你手中有一支筆桿
有時比逃亡的蝴蝶悲傷
比劫後的野草灰燼柔軟
卻不為權杖的塑像宣揚

其實筆桿這樣思惟
並在現世與來生做出決定

只想把自己植在故鄉土地
隨之時間安排榮枯起伏

若能長成綠樹撐開濃蔭
更希望從墳墓中站起來
披歷星雨和風霜遍灑光照
迎接還鄉的雷電轟然點燃

知本濕地

——向台東知本濕地致敬

在應然轉折的季節裡
你們依約抵達知本濕地
不以喧囂不以炫奇為名
信仰多情的世界結伴飛行

飢餓連峰的歷程在所難免
如敗德和扼殺同樣存有
那是由來已久的命運
你們安居凝視欣然收藏

團散在後山隱沒的雲雨
說你們博學很多見聞

超越高傲者自拔的視線
為仰望的目光灑遍清涼

驀地去年的春雷及時補述
你們更新復興天空的眼簾
又是勤於寫詩的抒情歌手
雖然感傷的辭別迎向重逢

夜風

賊風從漏夜的縫隙中潛入
它犯案的動機非常單純
趁其不備即是生存原則
不在乎先天洞見或者設防

感傷成疾的詩歌同樣認為
想來就至無需以克制呼應
沒有時態嚴格的門禁
它與苦懺享有同等的自由

這時你若在夢土邊陲徘徊
來不及復歸記憶的故處

你仍要證實虛傳有無反覆
找出前世倉卒未竟的抄本

每次驚愕與醒悟歡喜輪替
你終究懷念夜風及時現身
擁護輾轉俯仰和各種恐怖
感謝無意義和有意義的清涼

言靈

世間的哀傷化為文字以前
所有的語義都在學習安撫
如時間不改其志為你鑄就
安然轉身歸向言靈的辭海

苦惱從此找到棲身處所
得以拒絕甘美妄想的誘惑
拂曉將過時的嘆息擊個粉碎
讓黃昏降至灑下更多祝福

所以我深愛言語的神奇
回憶的天塔變得終可抵達

如往事的幽谷擅於發現微光
用來溫暖與之同行的樹影

我多麼信仰這樣的語言
它比剎那消失的風輪快速
比想像力更容易越過山巔
任何時刻都隨你自如念轉

自耕農

遇上難得的天雨
你就在稿紙裡種田
想怎麼栽植就怎麼栽
不必考慮路過的目光

也許已錯過稻禾的早春
未及寫信通知遠方蟲鳴
貧瘠的土地依然頑固
無論如何要迎接筆耕鐵犁

你不在乎翻挖出的土層
比四處流浪的石頭堅硬

更勝於遍在如常的沉默
真實種籽宣告要破土萌芽

而恰逢這種好天氣
浮動與喧囂得到歸順
最適合用來爬梳各種糾結
沒有所謂的無益或者徒勞

車站

你沒有去找它
對你的記憶猶然深刻
如枯枝融入天空
不問時間有什麼看法

你沒有去找它
對你的形影未能淡忘
如生活中出現的命運
向來用等候代替回答

你沒有去找它
因為你喜歡站居末尾

以最遙遠的距離凝視
始於清晰然後一無所有

你沒有去找它
悲傷比夏日的野草葳蕤
就這麼淹沒邊境的想像
有時看似滯留卻似往前

飛鳥

不解枯樹為何佇立那裡
莫非有深情無比在支撐
飛鳥們的羽翼都知道
它們剛剛越過廢墟花園

聽得出時間向枝條呼息
塵埃又在這時關閉眼睛
連番暴雨沖刷後表層記憶
緊緊擁抱土地更勝於從前

如果你願意走到這裡
它將萌芽在你心中跳躍

不在乎如此微不足道
相信真心總能翻動石頭

如果你願意看望這裡
不嫌棄它長出青苔的語言
不把拙劣的樹影剪碎
它渴望融入你最深的詩行

附記：這套四卷本《泰戈爾文集》，是我一九九五年購入的。在我寫作初期，就很喜歡泰戈爾的詩文，他是我新詩創作的源泉之一。在二十餘年後的雨天，我隨興閱讀此書，感觸卻份外深刻。這次，他一如往昔熱誠地招待，邀我同他來到其筆下的孟加拉國度的詩歌天空作客。而且幸運的是，我的確看見了印度史詩中久違的雲使。

魚影

你感謝太陽照拂和注解
那並非故意掠過的烏雲
誤解誠然沒有恥辱重負
如清澈理解見底的自身
晚春對此表現特別興奮
時間之輪同意暫停運轉
就此可穿行透明的岩石
恢復自由無需繼續漂流

正如彼岸已多次你表明
月光遲到依然照亮前方

你原本通曉命運的顏色
從最深暗晦到無比淺白

你由衷感謝有影子庇護
從此孤單退散溫情相隨

這是美好與奇蹟的季節
哪怕雷雨嫉妒突然造訪

閃電過後

我聽過這樣的紀事
閃電撕裂無垠的夜空
其實有其目的所在
團團樹影渴望被照亮

別說蟲鳴因於寂寞
而淡忘褪去的寧靜
別看飢餓多年的石頭
同樣需要光明及時鼓舞

詩歌的暗鳥已找到棲所
但臨睡之前仍有煩惱

需要正直雷聲說些什麼
否則鬱結不會就此消散

別說河流距離燈火很遠
它日夜奔流愛惜日常
彼在和此在若同時放光
聽說魚群們將開始言語

輯二。

望海

距離已經這麼近前
想念仍舊勝於凝視

枯葉表達內在的觸動
整日召喚把它們送遠

腐朽土層因為等待斜影
顏色才變得如此黑軟

無論背陰向陽的房舍
並於這時候睜開眼睛

那如血管般木訥的路徑
左轉右折依然通向潮聲

荒涼岬角認同這種情感
而承受沖刷頂住崩塌

還有那吟遊為詩的鷗鳥
飛翔就為接近大海面容

落日山巒相攜而串成手鏈
說好銘記所有視野的美好

龜山島

我知道你在歡愉凝望
越過蘆葦尖上的眼簾
與海風一起考究
以及為天空抒寫雲影

這距離不算遙遙無期
如同思慕最靠近心底
你將會掀開想像的羽翼
剎那間就能把意義填滿

還有那特殊國度的語言
每個音節語法就地證成

波浪又深諳這種構圖
使流連的潮聲順利登岸

我看見你在凝望歡愉
沿著時間的浮橋快步
有時如旗幟般欣然翻揚
我用視野迎接你的飛翔

附記：本詩源於游常山先生一幅從普悠瑪號車內拍攝到的龜山島影。我覺得取景角度甚美，禁不住寫詩抒懷。

立夏的詩

你用燠熱的焰火點燃序幕
並非急於驅逐晚春的面影

一切都順乎有緣的路徑
在這時間告知季節轉折

你從不在乎誤解的煉獄
向你伸出如藤蔓般糾纏

正如你不把憎惡放在心上
及時讓陣雨為絕望送遍清涼

從此以後不管你同意與否
你已經構成我詩歌的文本

我沒有大師應有的稟賦
但願孜求於你辭海上的恢宏

我尚未習得押韻旋律的清醒
卻期盼隨著語法變化萬千

我龜裂成浪的世界向你展現
感動似乎總在言詞之後抵達

閱讀

我每次閱讀詩集抒情
情感河流便開始湧動
一波急過一波
一浪高過一浪

激越的靈魂就此升起
從晦暗深地奔向明處
穿透地獄般的隔層
不致於被幻想淹沒

這其中還有思想的漩渦
既要勇敢翻騰著什麼

又要清醒脫困而出
拒絕耽溺施予的誘惑

我總是比平常期待許多
在黑暗抹黑眼睛之前
看見詩句如螢火蟲飛舞
任何時分都能照亮前方

紀念

正如落葉映入眼簾
它用凋零紀念枝條長青
與正直的陣風承諾
跟隨雨腳的白茫同行

出於相同因由迴轉
石頭不慎觸動各種聯想
青苔作為表象世界開展
仍然記得相伴的塵囂

正如有情經歷翻譯的林莽
沐浴過模糊而冷涼月光

來到眾生齊仰的山丘上
每次想起便有歲月溫暖

時間之劫似乎最能支撐
又超越界限善意的阻擋
不管你用什麼方法紀念
紀念從來不辜負你的回應

雨季

雨季依照自己的邏輯
霍然向你走近開始巡遊
它濕濡黎明輾轉的眼睛
灑遍你似醒未覺得夢土
你原以為沉重的肉身
得以化為河流與你同行
學習漂流過後的波折
從此像浮沫聚散那樣自由

雨季遵照自然的法則
倏然向你喚醒親切邀請

在結夏安居之前
偶爾走出肉身的林莽

若來不及遇見詩神的背影
不必感嘆奇蹟緩慢從容

向生活的青苔蔓草問候
理解苦惱同樣受持清涼

月光

經過風雨多番好言阻擋
你依然堅持地向我走來

舊時的野草已抹煞路徑
露珠在葉尖上遲不退轉

乾裂地界如此渴求濕潤
想念得以破土長出翅膀

我看見哀傷飛旋田青上
靜寂用絕對抵抗著蟲鳴

這並非生者偏愛的幻象
不是暗示或者奇想莊嚴
有情不聽從因明的規範
遷流最終找到有情歸所
悲愴快要淹沒河流之時
你的遍照所在就有拯救
你每次揮灑而就的清輝
如同撫慰顫抖及其靈魂

殘篇

我透過百年風雨引領
初次閱讀你寫就的思想

因此迅雷暫不撕裂天空
留住暗黑前虛弱的光陰

那片正直烈焰終將失傳
雖然灰燼別後仍會復燃

我知道這並非問題所在
土地長眠讓我找到殘簡

當記憶沒有完全瓦解消散
石頭如我不認同化為烏有

空曠和時間都能作證
哪怕季節感傷而乍暖還冷

仰望使之在心中更為貼近
這樣目光更容易盡快抵達

若果情愛真能就此團聚
我像塵埃覆蓋頹廢的姓名

家書

你問我何以知悉風的籍貫
像落葉逃亡沒有留下姓名
你問我天空為何向我凝望
莫非我掌握什麼通天本領
你問當我無法返鄉的時刻
我在詩行裡到底想些什麼
你問我季節可能提前輪替
如我越過濃重的夜色吶喊

你問我精神漂泊界限何在
因為飛鳥返回找不到終點

記憶如土塊沉默抵抗消散
我說萌芽和深綠願意證明

端午把龍舟推向水影岸邊
我不懷念屈原只想起家鄉

盛夏捎來的氣味皆成家書
我等待故鄉雷雨清涼喚醒

山村夜雨

你說夜半驟雨瓢潑突然
整個山村為此轟鳴作響

拂過記憶的雲霧已然退散
從濕重過渡到輕慢的註腳

木訥的落葉跌入林邊谷地
無非在證悟清風與之升揚

走過的吊橋風雨早已解構
要輯錄成時間深處的詩選

那青春起伏迴轉的山路
如今改道繞過我們的視野

青黃赤白的界限難以辨認
正如有色無色的相互消長

懷念要我們品嚐悲喜密度
從不留下卑微如塵的暗痕

山村夜雨樂於用這種方法
讓我們擁抱黑樹就像撐傘

輯三。

愛情十四行

時間似乎奔流得快速
情侶在月台上告別
夏風從軌道彼端趕來
髮絲和身影如此欣然

他們知道電車的意圖
了解聚散和無常關聯
因此要逆轉主體的順序
及時把握擁抱與親吻

善男子如松樹佇立沉思
我終於忍俊不住探問
你的倩影是否失而復得

他說倩影已走入內心山谷
如同詩歌中的愛情森林
比分行的散文更濃蔭持久

樹石

為了和愛一同死去
長春藤不忍勒緊枯樹
伸出空蕩蕩的身體
收斂起葉子隱藏祕密

為了和愛一同死去
時間背向失明的石頭
用最輕緩慢的撫握
或許能找回輕盈光芒

為了和愛一同死去
葉影自願化作土塵

勁風就不會將予驅遣
它從未看過這種實存

為了和愛一同死去
聽說石頭在心中哭泣
有時越過失語的山丘
有時化為霏霏細雨

夏雨八掌溪

午後熱浪如昨依約湧來
把我從困頓的模糊中
從進入迷途的睡夢裡
要我與記憶共同覺醒

它不以說教的口吻敘事
不輕易掃掉我的殘痕
始於自由往復和若有所思
如忘川依然記得回頭

我沒有神靈譜系照亮前方
由陰暗構成世界的喧囂

由遮蔽折彎經久的意志
亦證實我能否倒轉紅輪

正因為這種不期緣故
我急於向烏雲學習從容
學會用自己的音節說話
趁往昔的雷聲響起之前

回憶有諸多方法可循
我未必遵守歷史的規定
否則激情焰火就會冷涼
但我必須趕回時間的渡口

那年夏雨尤為暴烈異常
卻歡喜抽打所有的枝條

白茫如手抹掉表層的愛憎
說它是淚水氾濫也不稀奇

我看見溪流狂放的姿態
如過多的思想相互推擠
浪尖與波谷間傳出歡愉
岸邊和我驚愕找不到言語

挺立的木瓜果樹看得清楚
並非敗葉枯枝就與濁流浮沉
它們以克服漩渦的誘惑為榮
在關鍵時刻翻身奔上岸頂

我的童年因此得到澄明
不在乎生命之舟起伏不定

因為破碎終將向圓滿求全
像長草的岩石巍然升起

即使今年夏雨因故遲至
我依然相信它深刻的指向
如熟悉的南國氣味拒絕荒蕪
如記憶和遺忘都嚮往和解

眼神

那是命運深刻的眼神
它關注太多情感荒地
傾聽憂傷向黑暗擴散
接續和編織未竟的光明

那是命運堅定的眼神
它看見塵埃遍在路上
如等待群星們升起
讓泡影降落成為樹林

它從來不講狂熱的語言
不侵擾歲月裡的風暴
並非就此向死亡投降

它最常用微笑讓你想起
以免驚動世事的浮沉
寬容比艱難更容易抵達

神奇

我依然相信史詩的描述
比現實的雲霧更具實存
它向來隱身在天空背後
然後與雨季一同走來

我從未感到突兀冷淡
意義已經發出沙沙響聲
不仰望幸運何時敲門
不在乎死神會把我親吻

我還驚訝於其語言的無量
任憑我尋思八方求索
找不到否定性的前綴詞尾

每當平凡得以獲得聯想
生活的風暴注定上升下沉
受難的詩歌都要抒情揚帆

附記：某個週四，我到明目書社台北店取回訂書。老闆娘說，這本印度學專書，去年已經從印度新德里寄達台中本店，本來應該如期送到我手上的，卻一直擱置下來。我按時間推算，去年中旬，店主顯邦先生的病況加劇，讀書和寫作漸有困難，當然沒體力整理這些訂單。二〇一七年二月，他往生到哲學的印度展開神奇的遊歷了。我翻閱和聞到此書的氣味，心裡有難以名狀的觸動。

印跡

如果孤寒樹枝知道
綠蔭隨風而逝的理由
影子必然加深距離
其目的令人不可澄明

如果斷崖路徑記得
各種印跡串成的露珠
土層就要開始輯錄
寂天音聲心象的融合

我依循這嬗遞引導
穿越時間凝固的林海
看見久違方歸的姓名

漂泊與我緩慢坐下
在彼此對望的最深處
暫時不跟隨流雲飛翔

地圖

夏天這條小徑
通往散佚和尋找地圖
雲霧願意引領
趁世紀暴雨返回之前

夏天這首詩歌
作為我們共同的路標
不怕多次轉折
用緩慢代替甜蜜喧囂

流亡的落葉獲得自信
讓谷底的石頭開花
野草摒棄季節的瘋長

從灰暗壓低的視野
失望和絕望抽出嫩芽
接續被切斷血管的河流

火山

我敬仰它的書寫風格
以語言的沸騰噴灑
海浪由冷靜轉向熱情
時間的體溫因此升高

我理解不安就此擴散
在破碎前異端以後
靈感找不到重新歸所
沉迷在無量與無間

明確與暗示都擔負任務
何能把解釋推到極致
讓熔岩的相仰取得平衡

若這樣付出還不足夠
並非蔚藍不懂得赤誠
火山口上空有閃電接通

記憶之術

你靜謐的辭語多麼豐富
等待與凝視同個字根
任何東西無法把你斷滅
像金剛那樣不可摧折

你原諒暴雨灑遍山林
盜伐者揚起電鋸和斧頭
你就此跌向深谷地獄
迎接被切割和刀痕輪轉

對你而言似乎都無所謂
因為季節偶爾瘋狂失常
仍要撐開僅剩的綠蔭

你並非接受絕望的誘惑
當重要的人與風一同走來
不需記憶之術而將你回想

天涯

憂傷掠過中年的心頭
它還不理解如此鋒利
烏雲剛慶祝團聚時刻
旋即釋放出倉猝身影
愉悅與迷醉曾經合謀
卻就此招安隱姓埋名
起風後總要最長仰望
遠過我能想像的天涯

我不惜將失溫的殘餘
視為安全可靠的遁詞

變質發出酸味的語言
卻譴責我的陰森晦澀

我無法拯救神聖的過往
不敢用未來的名義討伐

看著荒蕪慢慢遮掩廢墟
冰霜青苔布滿時間斷層

石頭之心

時間的門僮沒及時告知
我石頭之心依然暗黑
像地獄深處的濃蔭
遮蔽多於絕望滋長蔓延
光亮似乎只作為現世道路
不通往寬闊如海的來生
破碎迴轉無所謂起伏跌宕
這是命運善良的決定
風霜為我不惜日夜穿梭
比神話的怯步更貼近生活
努力將僅剩的冰涼滲透
我份外懷念雨雪的體溫

比明日更早獲得此在
我歷經印跡後長出青苔

收穫

以中央山脈俯瞰的高度
比守候者般的茄苳樹
比木訥高瘦的檳榔樹影
更能描述美麗稻穗
青黃色的波浪頂著艷陽
熱風和六月末已完成默契
注解涓流而過的夢想
從鹿野高台傳至關山平原
而蛙鳴退場轉向歡呼收割
脫穀不同於濫用的屠殺
季節嬗遞並要實現諾言
當青色如草的斜影躺下

沒能點燃田地的樸素之火
它們很快又要重新崛起

日影

你讓我看見時間的隙縫
從石頭到野草的距離
跨過門檻沿著板窗木紋
找到湮沒迴轉的門號

記憶爬過簷廊並不困難
像藤蔓的信仰那樣堅定
像集雨槽用破敗駐留
在屋頂上與故久重逢

你讓我發現風雨的秘密
從葳蕤到廢墟的跨度

各種音聲理解各種震顫
情感滲透從來不說理由

我進出濃蔭遮蓋的界限
野生的詩歌覓得新意
綠樹們用枝葉彼此交談
日影從未如此流連

菠蘿蜜詩篇

我走入夏天的果園
熱風已越過乾涸的縱谷
捎來稻穗綠蔭的盛意
把光芒擦拭得更為耀眼

我閱讀纏繞枝幹的詩篇
理解音步從何而來
印度神話為什麼在此降落
奧義的小徑通向傳統根源

我誦念音聲似乎拂動葉脈
仲夏的黑蟬隨之共鳴

如潛流那樣渡過枯水期
為相續被時間沖垮的斷層

我相信正午艷陽觸地為證
效力日漸增加不會減少
那菠蘿蜜多詩篇長青如新
暗影不全然是遍在絕望

山音

幸好山路特意的指引
迷走消隱在邊坡樹後
車輪壓到草溝的界限
土塵浮光揚升為此驚奇

我聽見沿路叢生的軼聞
野芒果樹為何綻放新葉
憂鬱的月桃結出花苞
遇上夜雨溫柔的掠劫

雀鳥們倉促劃過的天空
沒能為季節留下印記

聲音躍入幽深谷地之前
雲朵已然托起頹廢身影

安身在環山翠巒的領域
視界變得比清風高遠
美感孤獨如此微不足道
山音沉定無法語言形容

河床

這是季節之神的安排
沒有抗拒與逃亡
乾涸的裸露自始存在
思想總是與熱風升騰

你相信烈日捎來問候
向無用的漂流枯木
粗獷石頭如草遍地叢生
受持仲夏殘酷的詩歌

偶爾若有尖銳槍聲乍起
可能源於受驚的鳥鳴

感傷的暗影容易離散
最終才回到故里的河床

你越過車窗看見的世紀
不分遠近都在國土之境
山頂浮雲拭淨夜晚的眼簾
枯水過後豐水要繼續奔流

擁抱

這並非因於寧靜的誘惑
或者季節突然更替色彩

風聲習慣逆向詩歌的音律
漏夜擅自構成自由變形

這無關乎死亡召喚的幕布
是否向彼此的距離拉緊

抑或戴著面具過於沉重
恐懼健忘為何卸下武裝

相近的事物總比晨星繁多
從呼吸的山脈間得到甦醒

似乎應該比石草植根這裡
雖然野蠻的火劫如期撲來

若問擁抱本身有什麼詮釋
這世界不存在完美的說法

有時孤獨要升起相連溫暖
更多時候出於情愛的迴響

在河上

微風每次抹平波紋之前
你想知道在河上寫著什麼

天空未必願意透露行蹤
彷彿把雲彩看成墓碑倒影

當歡愉的飛鳥劃破寧靜
久違的喧囂得以起死回生

腳鐐浸潤的氣味逐漸退散
用來記憶苦澀以及清甜

若說山巔忘記倒轉日輪
很可能在實現他的冥想

但這爭執比塵埃輕盈許多
如煙霧從河上升起降落

我終於看見絕望的面容
日夜奔流但是依然氣喘

再沒有劫難來回翻折擺動
你用肉身呼吸著他的嘆息

輯四。

隱雷及其意義

別懷疑驚雷已徹夜思想
事物展開似乎沒有止盡
如你隱身於天空後方
穿越由灰暗帶領的咒語

失憶最易變成樹藤般纏繞
在初秋尚未捎來請柬之前
我擅自遞出靈魂的回執
如塵囂熱衷於重複無形

你每次未必把蒼穹劈裂
困頓得以找到啟蒙的前線
枯槁向來只是惜別風景

而絕望與迷狂的視野結束
飄盪雨聲就疾然離開眼前
無需問明晚色將催誰來接引

問候

你如此羨慕落葉的決定
不託付給山風自由流轉
依循意志出發的方向
安然位置勝過顛倒幻想

你無需像昆蟲般爬升
在撐起綠蔭的界限下
跟隨青苔晝夜鋪就雲層
比石頭更快抵達坡頂

你從不計較豔陽的領域
或者濫用善良遍在的語詞

越過前方站在時間之外
凝視因情愛沉淪的起點

你不畏枝條慘敗如昨
日影就此遮蔽所有的眼睛
驟雨還鄉剛又收拾行裝
失蹤的暮色為何姍姍來遲

回歸

你並非嚐試不告而別
或者又復落至迷途牽引
而是由於原因過於沉重
無法返回熱切如火的視野

漂鳥們不往昏暗處飛盡
不敢震動聲音擦亮天空
海浪的喧囂變得安靜
看微瀾把碎光化為密語

這還不能說明你為何遲歸
或說要實現階位的斷裂

不相信畏怖指向循序漸進
莫非把失蹤起點重新接連

或說你並不尋找純潔光明
那並非被深化進取的反映
自始至終只在等待恢復
暗紅遍灑和緩來的本性

鹿野的風

我決定與夏風拔地升起
要比旗幟多面形象鮮明
比翻飛如箭的雨燕迅速
趁世紀的枯葉滑出之前

這個季節總與奇蹟聯結
從燃燒的平原到高地殘夢
迎向粗獷縱谷騰出的寬廣
往來海岸和中央山脈之間

我發現更多光與熱的詩歌
給過境與流亡的水鳥朗讀

為健忘的記憶鋪展小徑
任何時間都能安然重返

我理解時間與山巒的用意
回到臺北盆地亦能回應
鹿野有未完成的現代序曲
隨風揚升隨雨溫潤翻轉

石頭密語

誰說往世的石頭沒有語言
它樂意披上塵土的喧囂
是為等候諸多詞語轉身
由貧乏名詞迎向溫厚動詞

誰說往世的石頭沒有語言
它讓青苔在心中蔓延遍生
並非為清涼地許下承諾
而是綠度母在這裡駐留

誰說往世的石頭沒有言語
並非因於沉默海角的誘惑

或者勁風不合時宜翻越
裂隙連接向崖後的慶典

誰說往世的石頭沒有言語
它回答時間刻刀的挖掘
直到把自己啃得形銷骨立
記得總是比鐫刻提早抵達

海葬

你立在海神無量的腳前
不怕波濤就要把你壓碎
世紀的怪魚不放棄撕咬
就為等候水草樸素的語言

那無關乎擴展俯視和仰望
不在於宗教是否劃出界限
聽從良心出發的聲音
迫害和死亡即為必然

進入政治倒轉的季節裡
未必只叢生晦澀與沉默

你看見光色間已開始激辯
坐牢的飛鳥都奔來證詞

你感謝海風揚起寬容之手
把每次祈禱化為新生墳塚
迎向日日夜夜的最前線
骨灰的山巒從此綿延起伏

盛夏

豔陽調整殘酷的高度
你依然珍惜日常感情
接連暗影鋪就的花園
就著歡快焰火閱讀詩集

你不在乎詩頁中多少波浪
是否如期奔至斷崖腳下
能與浮沫幻光及時轉身
暮色前收斂悲傷不再激揚

你不在乎翼翅如何拍動
是否如願搖醒地獄的房間

為與時間山脈共同升起
黑暗後等待星群流亡歸來

你不在乎這季節詩句散裂
是否依約埋在落葉的預言
為與告別的故友同氣相通
植根於現世與來生之間

為何無法停止

你為何無法停止寫詩
難道憂傷的辭海認識你
在浪濤奔騰起伏的峽谷
急於找出背影湮沒的因由

你為何無法停止思考
莫非無花果樹取笑你
在迎向瘋狂季節的界限
光明抽出新芽這般遲緩

你為何無法停止詠嘆
難道碑石沒有給你遺言

自單薄的記憶被晚風抄走
白色的塵囂長得份外盎然

你為何無法停止敘說
莫非漫長世紀從此告別你
催促你將往事詳細寫盡
如河流總要穿越破敗的地圖

奇夢的天空

我夢見星群在鋪就蒼穹
卻靜謐得如我耳朵幻聽

我渴望理解眼前這般圖景
如我尚未讀通臨終的眼神

那細細劃出而拖曳的線條
是否要我編織或重新構成

我已撥開雲團連接陰翳
究竟沒能留住時間推移

我尋遍所有修辭的領域
最終只投來回眸和沉默

我像苦楝樹般的繼續仰望
相信光束從地底升上中天

當拂曉前的酒宴驟然退散
雲遊他方的輝煌終將返回

徹夜失眠的山巒願意作證
我的奇夢確然是真實顯現

風邪狂想曲

它看見我感冒如枯木頹然
呼喚海風從電視深處吹來

大海調配的鹹味足以消炎
用詩歌鹽滷收住滴淌鼻水

成群水草為我披覆深綠涼意
藉此潤改我血絲佈滿的眼神

還捎來魚影去國返鄉的消息
在我的煉獄中這何其神聖

有時候溫暖的語言未必奏效
無法平復我胃部不安的翻攪

但這似乎不必拐彎抹角猜測
遲至的日影已悄然摸至眼簾

若這樣尚未使我擺脫虛弱
它樂於親自為我抒情朗誦

酷熱夏天不複製冰冷的歌
風邪的身世向來不言自明

自由之風

你不只是自由通往之風
更有不可思議真切本領

你曾翻閱過海洋的辭語
深知浮沫困頓變得輕盈

你托起沉默如常的魚影
沿循時間稿紙輕聲朗讀

鷗鳥們用憂傷紀念水痕
既已劃開不再順從閉合

正因為你輕易越過阻隔
我渴望知道彼方的危險

林莽下遍生暗黑孤獨荒草
我何以得知它們繼續存有

所以需要你及時捎來音訊
哪怕世紀嚴霜已改變姿容

你比驟雨比驚雷難以預測
我只能以肉身的路標等候

輯五。

家族合照

這無需厄運纏繞般說明
天空將會熱切披展背景

這善意構造美好的枝條
比歷經折難的金剛堅定

解讀你離鄉未閱的家書
儘管潦倒得如驚弓蛇影

佇立得以佇立輕盈身軀
如羽翼收斂羽翼的流風

最終仍需團聚以抱支撐
抵抗離散沙狂捲土重來

往事紛揚飄落得以凝固
在日出暮色前長出露珠

那掛在時間屋簷的深境
記憶的風雨即輪流校讀

對所有餘生重逢的聲音
一旦連綿成為故鄉山巒

詩性之島

——致 詩人何郡

滄桑老手捂醒你的淡忘
鹹風依然從岬角奔來
白浪同樣重複著喧囂
頑固守住昔時的文本

你誤以為從前已然改變
岩礁的鄉音向侵蝕妥協
螺貝捨棄深愛的憑附
綠藻渴望成為泛光樹林

其實這些煙雲都還記得
在激盪夜裡夢見你的現身

播放鐵與火併寫的槌音
穿透青春帷幕抵達天涯

這有情島嶼如此博聞強記
但偶爾著迷於八方求索
當憂傷如鋼絲把你纏繞
有時以凝視並非無法言傳

眾浪的黃昏

斜陽即將染紅遍在視野
氣流未上升為正義之眼
其情感的浪尖起伏跌宕
每個音節都灌進絕崖耳裡

別以為勁風善意播弄促成
既可改其愛情豐富的形式
那些看似戲仿不斷追逐
歷時有著迥然各異的風格

別責怪其生命過於喧囂
名利箭矢射出光彩令人閉眼

但那全是幻影遷流的作為
與其真實形象不相符合

正因為情境如此複雜多維
並非表象的世界所能概括
如白晝學習生與死編纂語言
如深夜裡聆聽海神寧靜教誨

證明

因於證明夢海顯示的真境
我還原思想鳥群掠空飛行
振翅擦拭幽暗的確戛然而止
微涼的跡痕卻把我銘記留存

理性的星光向來看得清楚
任何深處湧動憂傷的波紋
撲向絕崖邊最終與浮沫流轉
每個詞根都來自真切的聲聞

若如此繞遍時間未及抵達
我便祈請拂曉盡快化暗為明

所有可怕的遁形演變成遷徙
但終究雲使般安然重返故土

因於證明其境存在的根源
我構建自由的靈魂恣意奔騰
哪怕八月炎夏高溫不能諒解
我依然緬懷與相續哲人故友

向遺忘的父親走來

時間揮灑微涼把我喚醒
輕盈得幾乎不出聲音
那是啟明前映現的情景
由不得我絲毫隱藏猶疑

通往田裡的草徑露珠成群
允許我踩過它們寧靜的頭頂
不計較我與遺忘擦身而過
讓往昔記憶氣味全部回流

我發現父親走路的姿勢
比夏日樹木筆直比寒枝孤挺

依然比溪底裸石更為堅硬
正穿越薄霧圍攏向我走來

那熟悉的甘蔗林靜默如深
彷彿只能以葉影表達感情
否則早已伸出平原擺脫局限
以披覆更廣闊無垠的詞語

我急切向父親確認生存風格
其木訥為何不轉向壯麗
遇到苦厄的季節為何順從
難道他深知卻不予逆轉

莫非生活比草間的蟋蟀喧囂
只能等待它們緩慢地降落

彷彿含羞草般碰觸到靈魂
復活於執拗重返故鄉的土層

但父親從來不正面回答
而是以詩性凝視作為形象
恰如海神迎接沉默的時刻
認為這可包含苦難最遠範圍

我知道這相遇終將被收回
在旭日拉開天空的序幕以前
在所有形影由模糊化為澄明
我確然感受到父親雙手溫暖

七里香

昨夜我從其面前經過
你就著自己的光點解讀
白晝的熱浪比紅紫九重葛
先於攀至記憶殘夏的屋頂

我猛然想起命運中的風塵
它們使用火的語言講述
不在乎文法能否得到提煉
只因於遮蔽和顯白的信任

但若非這片暗香把我觸動
我將失去源初的星辰

生活的詩歌自此不告而別
而我忘卻思想自身的面容

正是這沉默堅定把我喚醒
我得以重返遍在的日常
我想像用烈陽來修補堤岸
遙遠的月光最能呼喚回潮

告別盛夏

我清早來到熟悉的菜攤前
各種喧囂已在耳裡遊行

穿越那僅剩披覆的樹蔭
我感受涼意變溫也是友情

我看見菜蔬展現勃然生機
似乎正在對抗凋萎的誘惑

即使掉落在地被合理踩碎
思想的葉脈依然清晰如昨

我不禁為此情景感動莫名
問候否極泰來的本地水果

香蕉降價可消化政治疾患
西瓜用甜度證明自身有情

芒果要銘記殘夏最後嘆息
不管嬌柔葡萄姍姍來遲

既然立秋已來到季節門外
我們何不決然向盛夏告別

題銘

我只想像詩歌化為海水
那麼音韻就有存在的必要
在其最佳位置展現波長

我相信任何季節都有傳奇
如由風和浪促成的漩渦
終日可刷洗新的舊世界

尤其受到多次賜福的靈魂
自始至終收藏多重引喻
用以回敬吟遊詩人的苦行

那翻轉為影的海潮聲音
從未背離島嶼鍾愛的極限
否則日夜不致於如此轟鳴

於是我勇敢點燃往事與隨想
消亡的時光不但復歸原位
碎裂般的記憶絲毫未曾減損

我進而擴大想像的版圖
構想無所不能的美妙境地
以完成半生未果的印跡

我不懷疑再多轉折終會抵達
如同夜色向星空抽象講述
最諱莫如深的海神將予回答

當告別成為生活中的必然
這嬗遞的感傷又把我圍困
我渴望如生鐵得到烈火題銘

抒情的方法

我發現了一種抒情方法
它不用來增添虛弱的名聲
亦非尼采要重估一切價值

那不同於善意相連的挪用
與排隊附庸風雅迥然不同
只需以虔敬的憂傷回眸

我從這震撼之中得到很多
畢竟有些東西不可復得
死亡輕易遮蔽期待的眼神

我愈發往歲月的深處望去
舊世界的林莽愈往後消逝
直到它們忘記揮手道別

因於這過於惶惑的提醒
使我加速無所不求的範圍
召請正在行腳遊歷的雲使

我相信雲使和詩歌同等威力
把在山巒間纏繞的輕煙流霧
翻譯成可接連天界的語言

我感到這預言和靈驗的熱忱
貪婪如我超載得快要翻覆
它從不拒絕我立於真實門外

時間難免有欲言又止的時刻
我因而更加銘記現身的往昔
而記憶之術何嘗不是如此

秋風頌

我拒絕如此附和形容
責備你與驚風似的溜走
在此政治流亡何其自然

我多麼希望替你以正視聽
你有時候遇到團團遮蔽
懼怕卻沒有因此隱姓埋名

只憑這堅定如詩的立場
擱置的枯樹藤蔓停止顫慄
開始學習面對消失的黎明

這包括廢墟石頭為我禱告
它容許世俗塵囂無聲披覆
如白露擦亮黑夜的眼神

儘管我不加重頌揚的音調
僅用暮色降臨那種速度
直到起伏的情感抵達天涯

倘若這樣敘述力有未逮
我依然會虔敬持續歌詠
至少要把迷路的靈魂召回

我確實聽得比鐘聲清楚
秋風正越過苦厄捎來訊息
時間的老手還在抄寫什麼

更重要的在於超乎文字之外
為何防風林外的波濤洶湧
莫非在悼念骨灰遍在的自由

地獄的門口

陰暗和遮蔽構成的天空
終於釋放久違的雨滴
詩神這次沒有隨此下凡
卻喚醒並囑咐我搖動筆桿

這使命與同義反覆迴異
我恰巧與歷史的睡魔較量
自知很難做到盡善完美
只能目睹成群的文妖遁逃

我發現場遺留地獄的味道
這景象如此熟悉又陌生

但它泰然自若地擺在眼前
無懼我召請風神將它驅散

我的確低估幻想亦將反撲
在悶熱午後窺伺我的倦容
儘管我的拚鬥毫無回音
我很慶幸看見地獄的入口

政治詞語

一個享受失智的大師說
紅色的烏骨雞品種珍稀
經歷斯文火焰的熬煮
骨架崩垮更需受到稱許

油脂迅即占據整個鍋沿
在於它背負著神聖的任務
用於壓制語言試圖叛變
亦可讓同溫層的腐敗回魂

雞湯從泛黃到混沌難辨
那並非物質自身的壞臭

而是紅色的祖靈向你校閱
瘋狂的反面直達光榮終點

雖說立秋才越過門檻幾天
還不需雞湯以滋補為名誘惑
我寧可徘徊在英語的辭林裡
查明ABUSE和BLIND的關聯

回憶海涅

我實在說不出具體因由
為何在島嶼遊行的秋天
只憑幾枚枯葉咳嗽
就輕易開啟我記憶的柴門

那場異國冬雪首先映入眼簾
而相隔三十年依然認得我
說我在欣賞海涅詩集的時刻
書店角落的爐火跟著朗讀

彼時我若知道這幕情景
必定熱情給予最深的問候

我專程來尋找海涅抒情國度
在那裡童話和革命同時並存

猶記窮乏的青春把我圍困
決意以此沉重的刑期試煉
看我對詩歌付出多少赤誠
如浮萍回應微瀾的情感

那些的確帶有往昔的印記
就這樣刻在時間的斷層上
任我和憂傷翻閱晦暗
艱難的敘述從未如期抵達

正因為這場奇遇安排得宜
使我穿越季節漫長的盡頭

我看見火光引領的隊伍前進
新雪甫落地即成明光的起源

我真的說不出個中原因
為何送走暮色黑夜剛到窗前
只是一種感覺悄然掩至
新舊的世界竟然互為交融

或許這原本就是不證自明
嚴謹的闡釋讓位給如其所然
如同相信命運自有轉輪儀軌
當風雪撲來我不急於回頭

我比秋天更早發現

我不禁為偶然的幸運稱奇
看見風雨在你夢裡翻身
青春的群山變得異常陡峭
飛鳥們開始憂鬱嚴重失眠

我比遲到的秋天更早發現
快要淹至你靈魂的雨陣
已改變美學與死亡的形式
在我夢境的入口懸掛風鈴

那並非用來召喚意義重生
不是尋回舊路斷橋的旗幟

亦非用冷顫的聲音保存自身
而是在回報餘溫灼人的夏天

我聽見枯瘦的語言在交談
從晦暗地帶到林海間的遺憾
由歷史的心靈壘成堅硬符號
最終要與季節迎向成住壞空

我很感謝極端毀滅的詩學
不懷偏見向我展現慷慨
在我受困晝與夜的模糊裡
比誰都快拭掉我殘留的眼翳

背誦

我努力背誦難記的詩句
內心的祈求從未多於荒地
如流浪者不習慣攜帶行李
只願在每次的聲聞中巧遇

我遍尋不著更佳的路徑
藉助意志之風不停轉讀
並圍繞著清簡的方向傳送
闊別的音聲就能得到復原

我自知這在向回憶招魂
頌文美妙優雅就有局限

不像理性的石塊堆疊嚴整
任暴雨連日整夜沖刷挖掘

每次困頓將我捆綁的午後
我驀然感到荒漠如此恐怖
又不甘於生活情感匱乏
我想像並馱載久遠的骨頭

祈雨

我不仰慕拜火教的創始人
但查拉圖斯特拉很慷慨
他豪情地向我推荐尼采

我明白哲人為何愛上惶惑
擁抱著柏拉圖的靈魂遊走
所到的地方就沒有阻撓

這種徹底閱讀有諸多益處
啟迪的波浪不斷奔騰湧現
直到我的感觸與海同深

對我這既是技藝亦是模仿
悶熱的午後恰巧捎來雨絲
木訥的秋意正等著我回答

這場降雨沒有任何儀式
不為土地乾旱皸裂的喉嚨
而求助詩神能夠慷慨贈予

困頓的書房熱切向他致禮
即使不能與之比肩而坐
我都要保衛其身無恙安然

偷渡初秋的做法已不流行
我始終在主流之外漫遊
只在乎初衷情感因此變質

我在虛構的黃昏失蹤之前
為苦厄遍在的文字獄祈禱
秋天有時以美妙有時以瘋狂

植樹

若非為保存公眾的記憶
僅為往昔的珍重支撐
墓碑已經找到新的遺言

它曾用銘刻抵抗夜雨滲透
堅硬的意志適於遮擋無明
並為有情世界伸展涼蔭

這毋需擔心淚水把你出賣
秘密埋入土層就不致消殞
蔓草荒煙為此振作鼓舞

這片虔敬很容易嵌入心靈
就像蒔花植樹那樣簡單
無關乎樹種能否抗旱耐寒

這樹木如肉體有青春垂暮
從未質疑過平凡的意義
疾病侵襲依然要迎向衰亡

你知道有些必應不可言說
如生活的波浪自有頓挫
否則命運的意旨有失公允

你為眷愛的事物植上樹木
先與浮光會合然後敘舊
而來到季節的眉宇間歇腳

當這神奇的物語不再改動
憂傷飛鳥亦領受歲月祝福
樹林比誰都想回答何謂傳承

如雨

果真如你苦悶所願那樣
豪雨於午後天空現身應允
揚起的雨白為歡愉的註腳

它看見你伸出乾涸的舌頭
用來抵抗時間和龜裂折紋
儘管思想轉折變得很難查考

你並非在考古情感的起源
亦非要喚回詩歌連接韻味
或害怕記憶波浪不再返流

單純有時如傾塌的墓石
過多的聯想反而變得多餘
但依然要感謝土層和上蒼

日日夜夜有其關鍵的時刻
正如與季節同時甦醒逃亡
無法逆轉什麼卻快樂非凡

每次慷慨無限的陣雨撲來
枯木般的靈魂便能得到拯救
那些被淹沒和被失聲的往昔

你的祈求已被廣博空間聽見
如舟楫用個體意志穿行阻礙
划向時間為你騰出的渡口

這次換成驟雨對你深刻凝視
相反位置造就出迥異的新生
你把雨滴抹掉雨痕卻回到初衷

在呼吸之間

我善於等待季節輪替
如質樸的詩歌遇到浩劫
它毫不遲疑賜給我慷慨

若偉岸的世界偶有失序
一定有其奇妙的安置
不必窮於追問留給空白

當時間的細縫開綻在即
思想萌芽就會撕破土層
我彷彿看見故舊欣然現身

這近乎移花接木的技藝
最適合堅韌的想像承載
這個想法為往昔事物所愛

我知道這超過語言範疇
情感的枝條才變得沮喪
否則記述永遠比活著困難

我為此轉向其他路徑求助
如放逐的風浪回歸大海
寬宏向來包容狂飆與激進

而我終究比奧德賽幸運
免除在史詩和歷史中漂泊
這足夠我思惟半個紀元

我不急於找出眷念緣起
命運和塵土攜手重新釋義
在呼吸之間即我的所有

微物史觀

你埋怨秋天與炎夏共謀
因而比懷疑論者狂躁激揚
這世紀的事物已悄然轉變
廢墟骨灰的察覺比你明瞭

這既然與原先的面貌不同
證明微物史自身的說法
風霜是否為時間做出承諾
收穫之神到底幾經更迭

由遼闊邊緣劃出的界限
有時不盡然要面向終點

就像雲層凝視以克服高聳
同樣穿越情感蕩漾的辭海

你置身於秋意多重的隱喻裡
若聽聞遠方戰爭砲聲轟隆
短命的笑聲在地獄前沿起落
那並非虛假而是真實如常

輯六。

始於一片落葉

我醒覺始於落葉的回想
這似乎顯得行色匆匆
我看不出其背面的意圖
否則理解之路延伸更遠

這可能因於歸鄉的誘惑
要不怎會把我撞個滿懷
或者它們同為無期放逐者
在勁風乍起前繼續逃亡

我想像它們曾與美夢為鄰
誤以為苦澀枝條指向蒼茫

羽翼束縛得以全然開放
最終還給起始全新的自由

我有幸得知它們的位置
它們不屬於正統詩歌隊伍
缺乏高尚優美的音步支撐
所有詞語全限制在艱辛裡

往事的過渡向來驚險萬分
並非相續為命的崇拜作用
即使狂烈火舌奔至眼前
依然不揭開祛魅的面具

想必這季節的感應尤深
決定違背法則向它們施救

詩神們歡愉跟著秋雨降下
如此遊蕩的感傷便能安魂

而雷鳴原本隱匿在時間外
同樣為它們捎來震撼
於安靜得近乎在耳的喧囂
為世紀的滯悶注入性靈

我相信由奇妙寫就的劇本
必然存在聖潔和嚴謹轉喻
畢竟美好困厄有其必要
它們依此改造自己的命運

無花果

長年以來
我被淺見遮蔽眼睛
以為不開花即能成果
粗鄙的野火就此蔓延

所幸植物學家指正
其隱頭花序如同詩眼
用隱微的方法作為誘惑
果蠅願意置身其中雲雨

這一切看似寧靜花園
與所有精神甜蜜無關

顯白地位依此退居幕後
內在的革命要延續傳承

我知午後秋風用意極深
使我重新認識自畫像
無花果又對我份外寬宥
我卻無法描寫愛憎與死亡

蜜蜂的寓言

一群負傷的埔里蜜蜂
極為困乏地闖入我夢裡
操著陌生而熟悉口音
敘說恐怖季期持續增長

為什麼付出勞作與時日
不跟隨網紅明星起舞會飲
全力在花序間採集語義
現存世界依然正反顛倒

我連忙解析夢魘的起源
牠們很樂意探索土地正義

解開遙遠斯芬克斯的謎團
芬普尼卻將其推向死狂

這突然湧現此地的寓言
把我殘夢的瓦片擊個粉碎
任憑意志再多抵抗清洗
我思想情感猶然苦澀昏沉

附記：根據日前新聞報導，南投埔里傳出蜜蜂大量暴斃的事件，蜂農懷疑與蜂箱附近檳榔樹噴灑含芬普尼農藥有關。

詩如所願

這確實出於我的體驗
不需故作玄奧誆稱
情境原本就如此簡明
詩歌賜我這神奇力量

我透過想像無限延伸
輕易就穿越遼闊邊境
蛇籠鐵蒺籬自排成波浪
詩神助我渡過多重危險

我全心祈求必有回覆
生命中每有風暴來敲門

它們可以帶走任何東西
唯獨我詩集所愛不准放行

當然我有時亦會移開視線
那並非白色恐懼作用
或迴避看見醜惡的面容
而是我在構思等待轉折

自由

季風來了
我和石頭一起復活
沒有為輝煌插旗
紀念碑不變回肉身

季風來了
我和絕斷共同昇華
為罪衍塵土清洗
撕下背影再造橋樑

季風來了
初秋剛發出輕咳

似乎為搓燃楓火暖身
卻向駐留餘燼告別

季風來了
時序安排如此得宜
從原來無常遷流
我終於初次成為自己

河流兩岸

也許河流從中切開
必有其不可言說
並非刻意安排
凝視如同收納眼簾

波流托起白色幻覺
用來承載記憶碎片
以飄浮克服各種形式
從逐漸淹沒暮色開始

假如這不夠透徹
夜鳥驚醒必然哀鳴

定義不出距離
黑暗拒絕幽微融合

有些事情似已注定
水草不能說話
以思想逾越更形困難
迎接沉默歷時歸來

枯荷

殘夏剛轉身離去
記憶開始把你點燃
老太陽依然留在天際
新雨絲說會安然重返

過去浮出水面
不為將來摘下仰望
始於前生萌芽
終至泥淖片語相連

明眼人看得出
詩神會捎來久違雨聲

向乾涸視野問候
聖潔約定向來應允

如果你仍不相信
可以延長孤獨年限
等在初秋和時間邊上
或以枯瘦為山水變形

下雨了

下雨了
你要感謝天空
用雷聲代替吶喊
撫慰浮躁的靈魂

下雨了
你要感謝團團烏雲
暫時遮蔽你的雙眼
使你冥想亡友面容

下雨了
你要感謝氣流

讓真實成為存在
從此夢境自由通行

下雨了
你要感謝微風
消失的日子長出新芽
復活在你耳畔回響

下雨了
你要感謝時間
不因為悲傷受到阻擋
來得及銘記所有

下雨了
你要感謝呼吸

於絕對失憶之間
拒絕哀悼悄然入場

下雨了
你要感謝淚水
重新認識痛苦表達
每個字詞找到源頭

下雨了
你要感謝奇妙想像
正因為其推濤作浪
方能返回母親的海洋

回憶錄

只要詩作餘溫猶存
我嚴冬就不再冷顫
昨夜剛形成冰凌
恰巧為真實標寫句點

在孤獨詩眼之上
我發現時間尚未融化
正等著寧靜相偕會飲
傾聽山巒雲霧交談

在秋天回想裡
最宜栽植記憶的樹種

枝條探向遼闊
及時握緊天外的葉影

紛揚骨灰落在地上
最終都能自由燃燒
那是因於父親的微笑
那是因於母親的寬容

初遇

這要求很有意思
你必須證實跨越邊界
焚風剛離去又折返
否則記述便難以懷想

詩歌用鐵犁翻開土地
輕煙相隨持續冒升
那微溫特別留給手掌
如喚醒拒絕晦暗茫然

這驚喜偏偏極其短暫
與破敗冬天迥然相異

所有植根於顫慄的語言
最終要為碑石解釋英靈

如果你慶幸地遇見灰燼
不追問來自何種火焰
生命的日曆向你走來
愛情毀滅都有雙重面孔

濱海札記

當我抵達黑夜盡頭
海風穿越時間的縫隙
波浪翻過許多阻擋
我尚未覓得恰當修辭

這是我與白晝的決定
濱海的本性不易顯白
故事命運熱衷隱藏出處
總在最後時刻把你擊沉

黑松以折彎姿勢追問
為何潮聲擅自改變口音

松濤澎湃卻無法正名
慈悲一詞豈非終生漂泊

這尖銳使我無言以對
何其相似未必足以證成
我求索洞見的迴旋
未歸魚群與我繼續失眠

天體的音樂

你無比驚恐預測颱風
必然侵擾美妙的家園
以失眠作為憑據
唆使擔憂共同點燃

豈料風雨驀地轉向
超乎害怕擴張的帷幕
神話猝然撤到後台
為你灑下善意的雨點

暴雨習慣與暗夜辯論
氣流沉緬於韻腳新生

直達你的意料之外
證明天意另有安排

如猜想與信仰無關
當你還活著的時候
否認存在天體的樂音
可你死後卻不復記得

揮手

時刻總如此短暫
以致你出現之際
浮光石影走得匆忙
餘暉無法及時送行

不因你化為沉香暗色
或者壯麗景致未成
生命既然掀起風暴
最終仍然要轉向雷鳴

一種方法向我吐露
如塔尖煙雲的對談

它說可以將過去凝固
輾碎的故事得以重返

我嚐試解構這種奧祕
用世紀直視磨成明鏡
照亮痕跡助其飛揚
沉默作為引領的語言

引水以後

誰說秋季不宜幻想
助眠劑安然撤離夢境
溪床維持原有姿勢

那裸露出乾涸的喉嚨
似乎向浩蕩水聲索求
通往我童年的起點

農夫引水灌溉田地
沿著龜裂土溝的版籍
試圖滋潤日月所有

對於叛逆猶存如我
我喜歡用禿硬的筆桿
在暗夜盡頭遊說火種

朗讀田野

我站在春天的田野
赤腳印跡被車轍淹沒
雨後盡情變成窪地
晚間為月光的舞台

瘋長青草熱衷閱讀
夏季惡夢在此止步
草蛇和枝條多方纏繞
童話的身高仍然抽長

我不因秋季過於安靜
忘記語言需要休眠

託付給剛認識的煙雲
擅自發聲迻譯開來

我知嚴冬以鐵面著稱
藉以拷打土地的靈魂
此時我不做思想考古
寧願放棄描述轉向朗讀

不知秋

若非遊客突然闖入
我相信你真的忘卻
要不因過度沉思出神
醒覺不立在時間之外

那無關乎開花季節
僅只為自言自語
或為完成應有的寧靜
而忽略風與路標嚮導

這情況確然不合時宜
但是我不能責怪你

說遠方戰火方興未艾
恐怖時期持續進行

可這樣推演下去
歲月流轉就喪失界限
你看見反面美妙世界
惡果再次欣然懺悔

青春

那時我還不相信空無
仙鶴會從折扇中飛出
優雅超凡的姿勢
掠過我天空的蒼白

那時我還不相信空無
滲入石頭的雨露
半夜匯聚共同湧動
豐盛著我青春的荒涼

那時我還不相信空無
失蹤很快的事物

彼此說好約定日期
它就像北方鮭魚返回

那時我還不相信空無
詩歌可以感動世界
世紀毀滅後一路延伸
但這是我幻想的慶典

牽絆

我曾在稿紙的天空中
尋找雷雨及其意義
為何我的旱地喉嚨乾涸
還時刻探出無奈眼神

我計算過剎那間的距離
如飛鳥越過古代山谷
冰水流經安眠的記憶
於可數神聖中全部喚醒

但這並非最高的嚮往
應該有更多的近在眼前

好比觸摸它現今的身影
便毫無阻撓化為石林

不可言說已升到雲端上
並帶有罕見的連鎖祕密
風其實已經足夠接近
文字捉住我漂泊的思想

阿富汗的天空

——致　阿富汗的兒童

砲火未染紅天空之前
這是為飛鳥們準備
當羽翼堅定劃過
振動的風變得透明

煙硝未遮蔽視界之前
這是為安置浮浪卷雲
直到蔚藍抹掉恐懼
囚禁的歡愉緩緩降臨

絕望未封閉自由之前
這是為仰望準備

就算石頭剛剛長成
漫長影子歸於眼睛所有

希望未抵達天空之前
那裡仍然寬闊自在
任何意志都允許飛翔
群星月亮詩歌以及太陽

百年

我的肉身注定湮滅
如瞥視無法成為歷史
不需百年風雨催促
塵土勤奮就把我收藏

肉身的文本那麼脆弱
投向精神能否不朽
我相信敘述能展現神奇
每個場景註記著清醒

我知道重述這些話語
頂多作為回程的證據

無關透徹到記憶的盡頭
那些隱沒或者重新升起

既是如此晦澀更應澄明
對待那故舊消散的事物
趁時間尚未完全退潮
活著追念曾泛起的微瀾

柿子之謎

柿子由青澀生硬轉化
這其實並不奇特
合乎自然定律的安排

今早看它在書架上
它卻比之前更顯透紅
溫潤的色澤自成風格

乍看之下
它彷彿憑弔去年秋天
而哲學確然適合隱微

如今柿子紅了
剖面的纖維清晰可見
如詞條歸向文化辭典

柿子紅了
思想鍾情於內核裡踱步
沿著這條道路繼續悠遊

柿子紅了
團團的葉影仍然青綠
為夜空升上明亮的眼睛

柿子紅了
虛無似乎要取代存在
但編年記述才剛剛開始

柿子紅了
我終於領悟得比夢更多
簡單自在需要深刻開啟

五重山

我把凝視留在此地
忘乎所以得到證明
善良的時間暫停轉動
清風將帶領諸多漂泊

那群自願掉落的葉片
認為天涯很值得追尋
比青苔和雜草幸運
這樣就能輕裝啟程

天際為清新劃出稜線
山巒的輪廓更易辨示

在往生命的迷途中
激發附近的鳥蟲聲響

我因於憑弔的邀請
來到仲秋山中的午後
看見彼方蟬鳴尚在燃燒
似乎微笑襯托最後斜陽

魔術

我的新詩有個願望
化為奔向綠蔭的鳥群
並非叛逆羽翼易於收斂
觀看白色慶典的喧騰

進出隱微與顯白的空間
一切可見又清晰可聞
如看見悲劇列隊的演變
發現幸福隨著風媒迴旋

驚奇視界超乎我的預設
百年前那場破夜風雨

故舊的記憶仍留在樹梢
未竟的話語繼續進行

我很感謝這活著的魔術
為日常的事務轉送色彩
於無聲處讓恐懼安眠
使平凡在世界裡徜徉

行道樹下

我找不出聖潔的辭語
用來歌頌天地間的神祇
哲學家比我深刻闡明
神話的世界超乎寬廣

世間的會飲極為有限
肉身思想豈能獨自遠行
在享受之前已失去它們
我託求枯槁重新站起

原諒我咏嘆生活的起伏
因於生活裡有故舊來訪

無論在北方或者南方
雲遊者都能找到門牌

死神終於吐露出心聲
願意卸下沉重的面具
與我一起坐在行道樹下
思索白色喧囂灰暗流轉

雲的聯想

我憧憬往昔雲層的相聚
它們通曉天空普遍語言

飛鳥知道祕密歸向所在
卻埋進心中最深的墓園

這與泥土相聯結的關係
從不可思議到不可言說

我相信樹木拔高的劫念
僅為破敗道路披覆清涼

我想像著強風讓我降落
藉此形塑促成我的行腳

如果路程延伸步履記憶
就要穿越暴雨轉向烈陽

我看見時間的刀鋒閃亮
在銘記中收錄大海光暈

我與庸碌無為共同仰望
雲集詩行切莫劃下句點

秋分過後

我自但丁的煉獄中醒來
固然還活著但驚愕猶存

政治的風雲遊移得匆促
非我變更視野所能追及

但那並非我訴說的同伴
秋分抵達我卻毫不知情

此時八掌溪畔芒花成群
消失童年就此得到顯現

荒涼石頭注成我的記憶
細微粉末留待起風續文

我無法說得詳盡或更多
誠如情感塑造我的思惟

所幸恐懼不再占據主流
不必擔憂被淹沒或拯救

日復一日湧向年曆深處
感謝天空寬容為我祈禱

天地

當疲累如魔圍攏而至
我又及時擁抱困頓

總要探問遊蕩的野草
為什麼你並不厭倦

莫非石頭不相信眼淚
社會契約已過期泛黃

遮陽和涼蔭習慣隱喻
助其滲入地下收藏

但我的懷疑不容省略
想查明意義的身世

我作為好奇的闖入者
生活卻不忍把我驅離

這個問題如此見證
又善心摧毀我的幻影

我試圖匯集新生景象
使情感幽靈變得神聖

舉目所及即為其天地
我正在找尋這種胸襟

舞台

你終生只為戲劇
包容所有鎮壓煎熬
接通你最樸素的心跳
阿里斯托芬的歡愉

這次你笑得僵硬
並非舞台裝置簡陋
背後湧來白色喧囂
小草停止了歌唱

原以為是季節發狂
樹花因此忘卻綻放

定睛細看他們是
政客和共產黨的幽靈

你作為表演者的天堂
用肉身和語聲闡述
哪怕視野就此荒蕪
謝絕邪惡們發出喝采

天穹下

你讓我立於天穹下
原因極其簡單
思想有依循的歸所
意志之地不致掏空

這試驗何等不凡
白晝有喧囂眼線巡視
暗夜有灰鴿恐懼的回聲
群聚紅旗在自由揮揚

我因於視力昏花
遊蕩者們掠過眼前

彷彿那錯置的墓碑們
向我伸出閃電般的手

我無法解釋這現象
以為過往雲煙沒有壽命
跟著灰燼的後代前進
依然唯我地歡樂燃燒

輯七。

岩石開花

你相信冷風的解讀
雨絲會準時來此訂正
你這悅納時間的批評
因粗獷奇特而獲得新生
你始終用刻苦的本意
每日頂著形而上學之謎
有時候各種神秘主義
突然造訪你醞釀的沃土

這與敘述有莫大干係
證明能否真的超越自身

百年的風雨擅長試探
誰在絕岩上面找到平衡

如此歷劫在外的種子
就能趕上萌芽及其復興

當神話允許開花結果
被凝視的同樣無比欣喜

黑與白

暮色不需為我掩護
我能否看見時間轉折
從走走停停祕密思想
到往事飢渴的接連
我感覺真相尚未浮現
似曾相識為何回頭
晚風所以改變方向
必有歲月抒情的原由

越過植根於土地記憶
用吹拂代替昏睡反轉

如此掙脫偽善的面具
讓生年有涯抵達終點

地獄為我開啟地獄門
重申它與天堂的距離

波浪堅持要追逐月光
在仰慕和擁抱黑潮之間

誕生

我很難說明鳥群的動機
為何從太陽後面飛來
它們僅止剎那間撲騰
古老風聲陡然變得轟隆
那片過時幻影有其頓挫
不在乎我究竟其面容
它們有超現實的稟賦
卻滯留在前世紀的路途

我若有幸遇見最高神靈
必定揚起焰火更為熱切

追問天空和地獄的風景
是否與圍困的世界相同

若不放行我漂浮的詞言
就贈與我深度的眼鏡

我需要它辯證暗蝕殘餘
重新更正我漸暗的門房

巴米揚大佛

塔利班政權發射大砲
對準你們厚實的胸膛
如坦克在廣場轟散群眾
恐懼的時間來不及蒸發
枯黃土地未做好逃亡
砲聲過後響起歡呼
用遮眼的塵沙碎片證明
你們的確已面目全毀

我原以為你們神威顯赫
自可避開火藥的貶損
從容自信有謎樣微笑
看待無數劫難前仆後繼

接下咻咻森然的火箭筒
一手將它拋向高空
一手將它扔入河海
展現廣慈博愛的寬容

只是比沙土強悍的事實
佐證野蠻比善良更具力量
安置自身未必得到自身
一千五百年來風雨鍛煉
欣然與神話典籍歷盡滄桑
並鑿出年代後面的石窟
深諳多數的渴望通向地層
細微的顫動你都聽得分明

現在專家們正伸出援手
要將你們從毀滅中拯救

崩裂的殘骸得以重新組合
召請所有離散的魂魄歸鄉
喚回命運因忘記的誓言
依循荒廢山谷殘留的蹤跡
相信戒慎恐懼多於正義
何謂永恆何以永無終止

附記：二〇〇一年三月十九日，阿富汗塔利班政權用大砲炸毀了深藏於巴米揚石窟窿群中的兩座大佛，引起了世界譁然譴責。日前，聯合國教科文再次呼籲各國專家共同研究修復這兩座大佛，其中討論出「原物歸位（anastylosis）」的方式來恢復大佛的原貌。

雲

困頓把我推出門前
一切都恰如其是
我在取書的回程上
你始終在那裡安居

午後微風掃過幾遍
全為了碧空如洗
說服你到遠方記述
你的意志未曾曲折

黃昏不惜灑盡輝光
一群灰鴿撲騰巡繞

只為擦拭浪漫的眼翳
你依然思想多於悸動

時間似乎讓你信任
用來收藏戛然而止
感謝你記得我的聲音
感謝你微笑為我留影

號角

你向幻想的雲團打聽
已不存在革命號角

誰找過那群喧囂身影
或者拾起殘瓦碎片

青春作為危險的武器
迷惘又把你收歸己有

拼寫存在著白色火焰
用來記憶舉行葬禮

因於淨化沒有止盡
僅有短促的時間挽留
你趁著塵埃尚未撤退
與往事激揚一同升起
原諒靈魂因狂飆轉向
同意拷問退出生活
如期待秋雨突然訪至
但從不淹沒善良的眼神

距離

風從老路深處走來
依然不掩古舊的身形
歲月輪動偶有錯置
它熟悉往昔的彎角

這次我與新風相遇
並沒有太多交談
以凝視取代新的沉默
航向更廣闊與安靜

我知這並不影響距離
似乎要我磨練出完善

把舊與新變成真實
溶為實實在在的溫暖

這些詞彙自誕生以降
彼此關係都很親近
儘管冒著誤譯的危險
我猶然深信不曾懷疑

雨樹

自知到不了天堂
但那並非給絕望扶正
僅無法收到雲層回答
暴雨聖火聚散得自由

你佇立多年的姿勢
注定殘枝們終將連結
往下紮根必有歸向
直通地獄門為你掩映

在這詭奇的季節
寒意善行滲透得厲害

冷瑟可以擴張得更遠
濕黑的眼睛就能證實

讓逃難的喧囂放生
讓塵埃還給落定身分
立在熱忱的國土上
共同為秋雨獻上哀傷

謠言

打從清晨時分
冷雨就迫不及待
運用如此濕重筆觸
染遍都市謠言的喧囂

直到中午之前
一隻烏鴉悠然掠過
他與我截然不同
只有身影這個行李

穿越傍晚的雨幕
樹身按捺不住沉默

眾多葉片撐起透明白傘
燈光破碎都能照得清楚

回到迷離的暗夜
時間手指逐漸僵硬
想必烏鴉們早已歸巢
他應該記得我的面容

湖畔

赤松與你緊鄰而立
安靜遍佈不改其志
從黎明悄然翻轉
到霞光推卻最後身影

微風吹拂得慎重
浮雲維持原有位置
湖畔有記憶紋波
你始終在答覆遠遊

我看見你熱烈拍動
像山鳥那樣飛越深谷

像蟲子那樣忘記自由
綠葉離枝必有初衷

若眼翳沒有把我遮蔽
暮色隨著時間降臨
最後的山音緊扣衣襟
你的確已習得飛翔

山外山

我認識這連綿山巒
他沉定從不多話
也不面授神秘
只凝視等同的安寧
我看見野生蘆葦叢
他們願意透露一切
揚起芒穗來擴展圖騰
這都為幽微增光
我知道風雨有時轉向
就此輕易越嶺翻山
紅葉和焰火染上孤獨
獸徑邀我加入見聞
我相信如果蒼茫暫緩

收回我的奇幻旅程
讓冀望凌波而上
風濤應該還在山外山

孤獨

如果你將孤獨
插在這裡
應該不會感到沮喪

風聲消失的太久
不計較細節
隨時就能折返

雨霧不同於淚水
不遮蔽眼睛
連結過客的身影

溫暖的莫過於紅葉
不出聲音
用枯黑的文字透染

如果你將荒涼
埋在這裡
必然不會覺得悲傷

原本難以預測
時間拉開的尺度
更多時候用隱喻代替

語言若顯得多餘
淡寫輕描
都能輕意找到墓誌銘

但這似乎超越存在
一刻從未離開
來自你巨大的自由

殘跡

你僅存的體溫
比昨日的枯樹稀少
趁著話語尚未僵透
為見到殘雪述說

你不信一期一會
寧願與陌路驚奇相逢
在原地悄然倒下
印跡依然一起騰升

你無法活得像森林
聆聽上帝的呼吸
如一隻病鳥那樣修行

這時若有白光遮蔽
必然有它的意涵
融合黑色滲入地層

歸途

下了大雨
不見故人來訪
群山變得很暗淡
如雨影不愛說話

直到走入夢裡
雨樹才變得高大
比菩提樹早些粗壯
枝條卻兀自轉向

那並非蒙太奇
刻意造成的世界

隔著時間之流
足以觸摸到溫暖

而最後終須回應
詩歌能否驅逐嚴寒
能否與火焰和解
為歸途找到理由

關於路標

這似乎不能斥責
黑暗來得太快
星群因失去血色
沒能徹底睜開眼睛

候鳥並非披著金光
隨身的恐懼無法計量
猶如張開各種天網
隱瞞陷阱的意圖

但總有幸運的時刻
由你目擊獨自繼承

像一陣夜風掠過樹林
你聽見清晰的遺言

又好比旅途漫長
終點自身沒達成和解
亂石不願突顯墳塚
你依然最早發現路標

北海昆布

你們似乎最能體會
大海及其游魚
難以計測的脈搏
何以構成廣闊森林

漁夫粗礪之手
將你們浮出水面
問候季節的幻變
與久違的雲層交談

你們不急於風乾自己
不為變身成黑樹
不用墨汁改寫命運

只願回味通向美好
如語言考古學家一樣
找到前人消逝的情感

附記：據悉，日本北海道的漁夫採獲昆布（巨型綠藻）來維持生計，是源自當地原住民愛努人的技法。我不是時尚美食家，但昆布熬湯的滋味令我著迷，又想到身歷其境的魚類，必然有其特殊的觀點。於是，我決定變身化魚的位置，以十四行詩追想彼時的情景。

視界

為了看見保羅・策蘭
我繞開海德格爾的目光
為了聽見暗蝕的密碼
我面向陌生的邊緣上
為了聞到天空的氣味
我如樹仰望到任何可能
為了感受陰影的笑聲
我答應與冷風一起迴旋

若詩歌注定被撕成碎片
我仍然記憶那不壞之身

若煙硝與恐懼共同響起
死生就此進入新的戰場

若單調不為重複取代
意義的影子便不願顯現

若餘音決定遍布枯槁
我確信詩集會與我同行

對話

你用微弱的聲音說
暮色並沒有遲到
那是驚愕乍醒的錯覺

抬頭凝視彼方的世紀
不是恐懼渲染的畫布
這次天空顯得安詳

尤其那片堅定的暗紅
並非戰火吐出血光
用來安慰枯槁的文本

記憶承載不住的消失
暫時得到時間保管
真切地畫出地獄面容

你在破碎中的閃動
接連沉默於未來匯流
復活得以允許抹平憂傷

如果語言還在打顫
濃厚的影子抵抗稀薄
你寧願烈焰放棄高溫

你說戰場因觸摸不及
因此施放虛情假意
滲透並關閉你的蒼穹

如今這兩者立在眼前
我何以分辨不出悲壯
有時日出有時迎向斜陽

溫度

我不曾聽見你迸裂
自成嘆息的輕音
也絕不模仿泰戈爾
誦念飢餓的石頭

你內部尚存有肉身
多於松脂迎向寒枝
在冰雪未融之前
一起為暗夜朗讀

我的目光轉向樹身
看見因深刻顫慄扭曲

變成暖意而非幻想
獲得正直和繼續延伸

你善用神奇之手
把多年苦厄的石頭
用微紅燃映灰黑深處
越過季節不停輪流

語言文學類　PG1984　秀詩人23

憂傷似海

作　　者／邱振瑞
責任編輯／鄭伊庭
圖文排版／周好靜
封面設計／葉力安

發 行 人／宋政坤
法律顧問／毛國樑　律師
出版發行／秀威資訊科技股份有限公司
114台北市內湖區瑞光路76巷65號1樓
電話：+886-2-2796-3638　傳真：+886-2-2796-1377
http://www.showwe.com.tw
劃撥帳號／19563868　戶名：秀威資訊科技股份有限公司
讀者服務信箱：service@showwe.com.tw
展售門市／國家書店（松江門市）
104台北市中山區松江路209號1樓
電話：+886-2-2518-0207　傳真：+886-2-2518-0778
網路訂購／秀威網路書店：http://store.showwe.tw
國家網路書店：http://www.govbooks.com.tw

2018年1月　BOD一版
定價：350元

國家圖書館出版品預行編目

憂傷似海 / 邱振瑞著. -- 一版. -- 臺北市 : 秀威資訊科技, 2018.01
面； 公分. -- (秀詩人 ; 23)
BOD版
ISBN 978-986-326-518-4(平裝)

851.486 106023688

讀者回函卡

感謝您購買本書，為提升服務品質，請填妥以下資料，將讀者回函卡直接寄回或傳真本公司，收到您的寶貴意見後，我們會收藏記錄及檢討，謝謝！

如您需要了解本公司最新出版書目、購書優惠或企劃活動，歡迎您上網查詢或下載相關資料：http:// www.showwe.com.tw

您購買的書名：________________________________

出生日期：________年________月________日

學歷：□高中（含）以下　□大專　□研究所（含）以上

職業：□製造業　□金融業　□資訊業　□軍警　□傳播業　□自由業

□服務業　□公務員　□教職　□學生　□家管　□其它_____

購書地點：□網路書店　□實體書店　□書展　□郵購　□贈閱　□其他

您從何得知本書的消息？

□網路書店　□實體書店　□網路搜尋　□電子報　□書訊　□雜誌

□傳播媒體　□親友推薦　□網站推薦　□部落格　□其他__________

您對本書的評價：（請填代號　1.非常滿意　2.滿意　3.尚可　4.再改進）

封面設計____　版面編排____　內容____　文／譯筆____　價格____

讀完書後您覺得：

□很有收穫　□有收穫　□收穫不多　□沒收穫

對我們的建議：________________________________

____

____

____

請貼
郵票

11466
台北市內湖區瑞光路 76 巷 65 號 1 樓
秀威資訊科技股份有限公司 收
BOD 數位出版事業部

(請沿線對折寄回,謝謝!)

姓　名:＿＿＿＿＿＿＿＿ 年齡:＿＿＿＿ 性別:□女 □男

郵遞區號:□□□□□

地　址:＿＿＿＿＿＿＿＿＿＿＿＿＿＿＿＿

聯絡電話:(日)＿＿＿＿＿＿＿＿(夜)＿＿＿＿＿＿＿＿

E-mail:＿＿＿＿＿＿＿＿＿＿＿＿＿＿＿＿